# Analyse de l'œuvre

Par Jim Hilton

# Les Vagues

## Virginia Woolf

lePetitLittéraire.fr

# Analyse de l'œuvre

Par Jim Hilton

# Les Vagues

Virginia Woolf

# Rendez-vous sur lepetitlitteraire.fr et découvrez :

Plus de 1200 analyses
Claires et synthétiques
Téléchargeables en 30 secondes
À imprimer chez soi

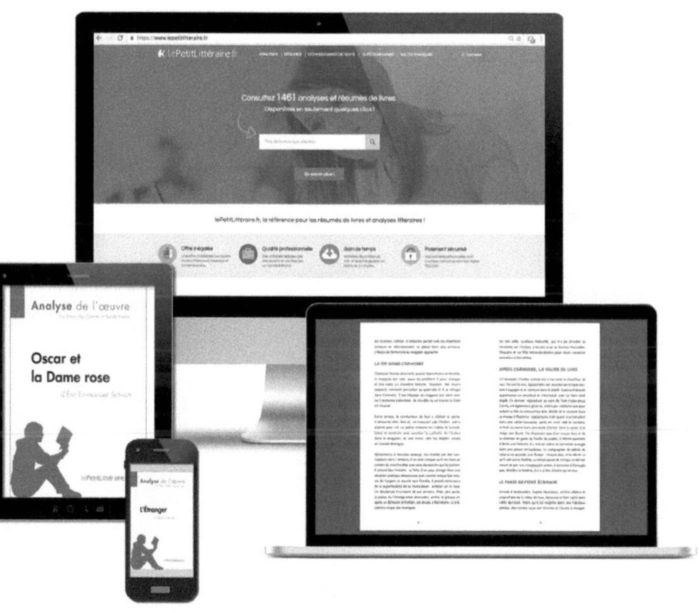

# VIRGINIA WOOLF

## AUTRICE ANGLAISE

- **Née à Londres en 1882.**
- **Décédée à Rodmell (Royaume-Uni) en 1941.**
- **Travaux notables :**
  - *La chambre de Jacob* (1922), roman
  - *Mrs Dalloway* (1925), roman
  - *Au phare* (1927), roman

Virginia Woolf est l'une des auteurs modernistes les plus importants du XX$^e$ siècle et une pionnière dans l'utilisation de nombreux procédés expérimentaux de prose. Elle faisait partie du groupe de Bloomsbury, un groupe artistique et littéraire d'intellectuels et de bohémiens qui partageaient des idées sur la philosophie et les arts et rejetaient les habitudes traditionnelles. Woolf était également une éminente défenseuse des droits des femmes et la fondatrice de la Hogarth Press, par laquelle elle a publié la plupart de ses œuvres.

Au cours de sa carrière littéraire, sa prose n'a cessé d'évoluer vers une narration et des dispositifs narratifs plus expérimentaux. Par exemple, elle a été une pionnière dans l'utilisation de la technique du courant de conscience (un procédé littéraire qui vise à capturer la multitude de pensées qui traversent l'esprit d'un personnage dans le cadre d'un récit non linéaire).

Sa vie et son œuvre ont été affectées par ses dépressions sporadiques : elle a été internée et a tenté de se suicider à plusieurs reprises au cours de sa vie. À l'âge de 59 ans, après avoir connu une nouvelle crise de dépression et s'être inquiétée du début de la Seconde Guerre mondiale, elle se noie dans la rivière Ouse, près de Monk's House, sa maison dans le Sussex (Royaume-Uni).

# *LES VAGUES*

## LA HAUTE ÉVOCATION MODERNISTE DE WOOLF DES EFFETS DU TEMPS SUR SIX AMIS.

- **Genre :** prose poétique, fiction moderniste
- **Edition de référence :** Woolf, V. (2006) *The Waves*. Londres : Penguin.
- **1ère édition :** 1931
- **Thèmes :** le temps, la mort, la nature, l'amour, le vieillissement, la réalité et l'illusion.

Publié pour la première fois par Hogarth Press en 1931, *Les Vagues* est le septième roman de Virginia Woolf, et il est généralement considéré comme son plus expérimental. Son style ravageur et fragmentaire l'a rendu largement résistant à l'adaptation. Cependant, en 2006, il a été adapté pour la scène dans une production dirigée par Katie Mitchell (metteur en scène britannique, née en 1964) qui a été jouée au National Theatre.

*Les Vagues* retrace les vies entrelacées de six amis, depuis l'enfance et l'adolescence grisante jusqu'à l'âge mûr et la vieillesse. Chaque chapitre s'ouvre sur un passage descriptif en italique des vagues qui se brisent contre le rivage, alors que le soleil se lève, et se couche finalement vers la fin du roman. Les chapitres eux-mêmes sont racontés par les voix des six amis : Bernard, Susan, Louis, Rhoda, Neville et Jinny. Leurs voix ne ressemblent cependant pas au langage ordinaire, ni à un style typique de narration à la première personne. Ils parlent plutôt dans de longs soliloques rhapsodiques qui semblent s'adresser non pas tant au lecteur qu'à l'univers. Ils s'expriment avec toute la vaste clarté poétique de l'extraordinaire imagination de Woolf, tout en restant des personnalités distinctes avec leurs propres trajectoires. Nous les suivons dans leur vie, à l'école, à l'université, dans leur carrière et leur mariage, témoignant de leurs craintes et de leurs désirs, de leur respect mutuel et de l'union de l'amitié qui continue à les rapprocher. Le roman enchanteur et parfois très difficile de Woolf reste un chef-d'œuvre de la littérature anglaise et une expérience audacieuse de la fiction moderniste.

Chaque chapitre commence par un passage descriptif en italique, décrivant le mouvement des vagues sur une plage, et l'effet de la lumière du soleil qui avance à l'aube, se déplace dans le ciel, et se couche finalement vers la fin du roman.

Dans le premier chapitre, Bernard, Susan, Louis, Rhoda, Neville et Jinny sont des enfants qui vont ensemble à l'école. Susan voit Jinny embrasser Louis, ce qui la met en colère. Elle s'enfuit en pleurant et est réconfortée par Bernard, qui est instinctivement compatissant et cherche à apaiser les sentiments de Susan en étant amusant.

Dans le deuxième chapitre, les six jeunes filles sont maintenant adolescentes et ont toutes été envoyées en pensionnat. Les filles aspirent toutes à la liberté, mais pour des raisons différentes : Jinny se sent prête pour la société et ses excitations, tandis que Susan étouffe dans le carcan de l'autorité scolaire et aspire au grand air et aux champs vides. Bernard, Neville et Louis, quant à eux, sont tous devenus amis avec Perceval, un garçon très respecté dans leur école. Bernard s'épanouit dans l'atmosphère joviale de l'enfance, tandis que Neville trouve l'autorité dominante de l'école abrutissante et répugnante.

Dans le troisième chapitre, Bernard et Neville sont à l'université. L'affection de Neville pour Perceval est devenue à ce moment-là de nature romantique, et son amour pour lui alimente sa recherche de la beauté poétique. Bernard, quant à lui, s'imagine dans la peau d'un jeune Byron, mais il commence à avoir du mal à traduire son amour de la langue en mots écrits, et il s'efforce d'écrire une lettre d'amour à un amoureux anonyme. Louis a trouvé un emploi dans une entreprise de transport maritime, mais il est toujours en proie à l'insécurité et à des ambitions plus nobles et plus poétiques. Susan est de retour à la campagne et a retrouvé son élément légitime, tandis que Jinny et Rhoda participent à la même fête à Londres. Jinny est libérée parmi les gens, elle se trouve désirée et appréciée, tandis que Rhoda se sent l'outsider désespéré.

Le quatrième chapitre s'ouvre quelques années plus tard. Neville est dans un restaurant et attend avec impatience l'arrivée de Perceval. Tous les six organisent un déjeuner pour marquer le départ de Perceval en Inde pour servir dans le gouvernement colonial, et l'un après l'autre, les cinq autres arrivent lentement. Susan, rude et rurale, se sent menacée par l'apparence très féminine et cosmo-polite de Jinny, tandis que Rhoda se sent mal à l'aise et invisible. L'atmosphère est considérablement allégée par l'arrivée de Perceval, et Bernard informe tout le monde qu'il est fiancé.

Le cinquième chapitre se déroule peu de temps après le quatrième. Le fils de Bernard vient de naître, mais ils viennent également tous de recevoir la nouvelle que Perceval a été jeté de son cheval et tué en Inde. Neville a le cœur brisé, tandis que Bernard est partagé entre la joie pour son fils et le chagrin pour son ami. Il se souvient amèrement d'une occasion où Perceval lui a demandé «d'aller à Hampton Court» et où Bernard a «refusé» (p. 119). Profitant d'un rare moment de solitude, Bernard se rend à la National Gallery pour regarder des tableaux, tandis que Rhoda va voir un opéra.

Au sixième chapitre, nous apprenons que Rhoda et Louis sont devenus amants. Louis est maintenant une figure respectable dans sa société de transport maritime, mais son imagination est toujours agitée. Jinny continue de profiter du style de vie festif de Londres, tandis que Susan, dans sa ferme, est maintenant une mère. Elle réfléchit à sa vie, qui est d'une part plus riche et plus complète, et d'autre part, de plus en plus serrée dans un étau.

Au septième chapitre, les six personnages ont atteint l'âge mûr. Bernard fait un séjour de réflexion à Rome, au cours duquel il commence à accepter toutes les choses qu'il ne fera ou ne verra jamais. Neville continue à écrire des poèmes et à passer d'un amant à l'autre, tandis que Jinny réalise avec tristesse qu'elle n'est plus jeune – son pouvoir d'attraction s'estompe et elle doit s'adapter à un rythme de vie différent. Entre-temps, Rhoda a quitté l'Angleterre et Louis pour l'Espagne et, alors qu'elle gra-vit une colline, elle a une vision au sommet d'une falaise.

Au huitième chapitre, les six se retrouvent pour dîner à Hampton Court. Il leur faut du temps pour retrouver leur complicité, et chacune de leurs apparitions semble remettre en question les choix faits par chacun des autres. Neville et Susan se retrouvent en conflit larvé, tant la divergence de leurs vies semble flagrante et pesante.

Finalement, la brume se dissipe et les six retrouvent ce sentiment d'union. Ils se promènent tous dans les bois, et Louis et Rhoda s'accordent un petit moment à eux pour reconnaître le lien qui les unissait autrefois, avant que les autres ne les rejoignent et que le moment passe.

Le dernier chapitre est entièrement raconté par Bernard, qui s'adresse comme à une vague connaissance qu'il a rencontrée par hasard pendant qu'ils dînaient tous les deux. Devenu un vieil homme, Bernard tente de résumer sa vie et reprend une grande partie de l'action du roman. C'est ici que nous apprenons que Rhoda s'est suicidée dans l'intervalle de temps écoulé depuis le chapitre précédent. Bernard n'est toujours pas sûr du bien-fondé de son projet de vie, mais finalement – après le départ de son compagnon – il se sent bien et heureux d'être seul.

# PROFIL DU PERSONNAGE

## BERNARD

Bernard est le personnage avec lequel nous passons le plus de temps dans le roman, et le dernier chapitre est entièrement le sien, alors qu'il raconte sa vie à une vague connaissance au cours d'un dîner. Bernard est le véhicule des intérêts mondains de Woolf : il est le conteur, tissant constamment des phrases et les notant dans un petit livre. Dès l'enfance, il sait que son pouvoir réside dans le langage, mais il s'agit d'un pouvoir effusif et intrinsèquement social – un pouvoir qui le soutient et le met à l'aise en compagnie de domestiques et de gentlemen, mais qui semble s'évaporer et lui échapper dès qu'il est seul. Il a beau essayer, il ne parvient pas à rassembler toutes ses phrases soignées dans la grande phrase finale qu'il cherche constamment. Il est un observateur infatigable de la vie humaine et un créateur d'histoires, et pourtant, une fois de plus, il ne parvient pas à rassembler l'histoire ultime qui rend compte de l'infinie variété du monde. Sa façon de raconter des histoires est un aspect de sa nature performative, et comme la plupart des personnes performatives, il s'épanouit en compagnie. Il vit de la gaieté de la vie, appréciant le rire et le chant, et bien sûr la bonne réception de son esprit par les autres – dont il sait qu'il dépend pour son sens du moi.

## SUSAN

Susan est le seul personnage des six qui vit à la campagne. Elle est terreuse, avec une suggestion de sauvagerie, et est associée à la maternité tout au long du roman. Enfant, l'école opprime sa sensibilité orientée vers la nature, et elle a soif du plein air : les champs, les bois et la vie élémentaire des saisons. L'amour et la haine sont les deux points du cadran dans son cœur : elle aime férocement et déteste avec la même intensité. Elle déteste le labyrinthe infernal créé par l'homme qu'est Londres, et elle rougit de colère devant la féminité douce et manifeste que Jinny dégage facilement. Lorsqu'ils se retrouvent tous les six à Londres pour le déjeuner, Susan cache ses « ongles carrés [...] sous la nappe » (p. 91), gênée par sa rudesse, sa dureté. L'un de ses premiers souvenirs est la rage qu'elle a ressentie lorsque Jinny a embrassé Louis – une envie irrésistible et instinctive de quelque chose d'incompréhensible. Mais Susan est aussi la plus aimée des six : aimée, nous l'apprenons, par Bernard lorsqu'il était à l'université, et également aimée par Perceval.

## LOUIS

Louis est le fils d'un banquier australien, et il est constamment, dangereusement conscient de sa place précaire dans la procédure, en raison de son héritage du Nouveau Monde. Il a un léger accent australien, et sa vie se teinte en permanence de la tâche de compenser ce fait. Il observe à l'excès les rituels et les traditions sociales anglaises et est plein de respect pour le monde dans lequel il veut entrer en tant qu'initié. Son esprit est fin et précis, d'une manière que Bernard envie désespérément ; il est peut-être le plus intelligent de tous, et pourtant il doit consolider sa place dans le tissu social par le travail. En tant qu'étranger, Louis a un lien particulier avec Rhoda, et tous deux entament une relation, qui ne durera toutefois pas. S'il n'est pas ancré dans la société anglaise, Louis n'en a pas moins un sens de lui-même riche et étendu dans le temps. Il se souvient d'une vie antérieure où il était une femme portant un vase sur les rives du Nil, dans l'Égypte ancienne, et c'est cette vision de l'histoire, où il se trouve sur la crête d'une vague toujours en mouvement, qui le pousse à aller de l'avant.

## RHODA

Rhoda est la plus périphérique des six. Elle est calme et effacée, mais aussi brute, et consciente en permanence de sa propre marginalité au sein du groupe. Ni à l'aise dans son corps comme Jinny, ni dotée de la vitalité brute de Susan, elle est fantomatique et se tient à l'écart des choses. En plus de ses tendances au repli, elle se distingue des six autres par sa vision intérieure quasi mystique : elle regarde devant elle, au loin, au-delà des limites les plus extrêmes, et semble pouvoir apercevoir quelque chose qui échappe aux autres. Des six, elle est la seule à mourir dans le roman. Nous apprenons dans le monologue final de Bernard, de manière désinvolte, que Rhoda s'est suicidée.

## NEVILLE

Neville est énergique et ordonné, appréciant le bon ordre romain de ses poètes latins préférés – dont il suit les traces, devenant lui-même un poète à succès. Il est également anti-autoritaire, méprisant l'Église et l'hypocrisie des sermons de la chapelle de l'école. Neville voit les divisions de façon claire et nette et, en ce sens, il est à l'opposé de Bernard, qui se considère comme une extension ou une projection des autres et n'a rien à dire de mal sur personne. Neville, qui était amoureux de Perceval, est le plus profondément affecté par sa mort en Inde.

## JINNY

Jinny tire réconfort et bonheur de son corps, et trouve un sentiment de clarté et de vérité directe dans son sens de la physicalité. Elle attire facilement l'attention et la conversation, et nous avons l'impression que la vie nocturne de Londres lui fournit ce dont elle a besoin dans la vie. Elle est une experte de la présentation de soi, et tous les autres – à l'exception de Susan, qui se sent trop menacée par elle – respectent et apprécient cette qualité. Comme Bernard, elle dépend des autres pour une grande partie de son sentiment d'identité. Et pourtant, comme Bernard, nous la voyons entrer dans la vieillesse avec grâce. Sa confiance corporelle n'est pas une question de vanité ou d'apparence superficielle, mais une sorte d'ontologie corporelle qui la fonde sur elle-même.

# PERCEVAL

Perceval est le seul personnage sans voix dans le roman. Il traverse l'école, l'adolescence et la vie de jeune adulte avec les autres, avant de partir en Inde et de mourir tragiquement d'une chute de cheval. Comme son nom l'indique, Woolf lui donne l'aura du héros anglais chevaleresque, et cette qualité est constamment relevée par les autres : «Vous avez perdu un chef que vous auriez suivi» (p. 116). Sa mort tragique donne un air de déclin au rêve de l'Angleterre, mais elle a aussi une résonance avec les *Contes de Canterbury* de Geoffrey Chaucer (poète anglais, vers 1343-1400) : dans "The Knight's Tale", après avoir gagné la bataille, Arcite est jeté de son cheval et meurt de ses blessures.

# ANALYSE

## LE TEMPS ET LA PHOTOGRAPHIE

Le premier roman de Virginia Woolf, *To the Lighthouse* (1927), comporte un moment très célèbre. La première partie du roman décrit le séjour de M. et Mme Ramsay dans leur maison d'été à Skye, entourés de leur famille et de leurs amis. Nous nous sentons à l'aise avec les personnages, avec M. et Mme Ramsay et les enfants, et nous ne nous attendons certainement pas à ce qui va se passer. La section suivante, intitulée économiquement « Le temps passe », fait un zoom arrière soudain et violent. Nous regardons maintenant le temps passer. Nous voyons la maison de Skye alors que les Ramsay n'y sont pas, et nous apprenons indirectement des choses qui se sont passées bien au-delà de notre vue. C'est presque comme regarder une photographie en accéléré ou un film en avance rapide. Notre point de vue passe des pensées hautement subjectives, intérieures et charismatiques des personnages, à l'objectif et à l'extérieur – presque comme si nous partagions la perspective du temps lui-même. Lorsque les Ramsay reviennent dans la troisième partie du roman, nous constatons que tout a changé. Les années ont passé en une douzaine de pages seulement, mais elles ont pris une cruelle dîme.

Dans *Les Vagues*, Woolf a clairement voulu reproduire et étendre le dispositif qu'elle a employé dans *Le Phare*. Nous pourrions considérer chaque ouverture de chapitre, chaque passage sinueusement descriptif des vagues se brisant sur le rivage, comme une séquence "Time Passes" en miniature. La vision de la nature faisant ce qu'elle fait chaque jour de chaque mois, année après année, et depuis des temps immémoriaux, prend une grandeur mythique; à côté, les mois et les années humaines se contractent en fragments de secondes. L'habileté de Woolf dans ce roman est de mettre cette évocation objective du temps en communion avec l'expérience humaine de celui-ci. Nous voyons que cela fonctionne: au cours du roman, nous voyons Bernard, Susan et tous les autres passer du statut d'enfant à celui d'adulte respectable. Nous les voyons changer, mais nous les voyons aussi prendre conscience de la nature de ce changement et y réfléchir eux-mêmes.

Parallèlement au développement du modernisme dans la littérature, le début du XX$^e$ siècle a également vu le développement rapide de la technologie photographique. Bien que le procédé photographique existe depuis une centaine d'années, ce n'est qu'à la fin du 19$^e$ siècle que cette technologie est devenue plus largement disponible, avec la sortie des appareils photo Kodak, faciles à utiliser. Bien entendu, ces années ont également vu le développement du cinéma. En 1917, une industrie cinématographique s'était établie à Hollywood et, au cours des dix années suivantes, elle allait dominer le monde occidental. Ces vastes territoires nouveaux de la culture et de la technologie ont suscité un grand intérêt chez les écrivains et les penseurs contemporains. En 1935, Walter Benjamin (philosophe juif allemand, 1892-1940) publie son célèbre essai intitulé « L'œuvre d'art à l'ère de la reproduction mécanique », qui reste sans doute l'essai sur l'art le plus connu et le plus influent du XX$^e$ siècle. En tant que grande artiste et critique infatigable de la culture moderne, Virginia Woolf n'était pas insensible à ces développements, comme le montre son essai "The Cinema" (1926).

Les technologies du cinéma et de la photographie sont au moins superficiellement absentes de *The Waves*. Aucun personnage ne va au cinéma. Personne ne se fait photographier, ni ne garde un cliché sur sa cheminée. L'influence de la photographie sur le roman est plus profonde et plus subtile que cela. Pour les écrivains modernistes comme Woolf, l'importance de la photographie réside dans sa prétention à l'objectivité. L'appareil photo, ou l'œil de l'appareil, reproduisait la réalité de manière entièrement mécanique. Il semblait offrir une vision du monde tel qu'il est, invisible aux yeux de l'homme – un monde de l'inconscient optique. L'œil du photographe peut choisir le cadre de la prise de vue, mais la photographie réelle – l'image elle-même – reste celle vue par l'objectif de l'appareil. Ce concept a eu une influence radicale sur toute une génération d'écrivains, qui ont cherché dans l'appareil photo un nouveau modèle de ce que la représentation poétique pouvait accomplir. Aux États-Unis, la trilogie *U.S.A.* (1930-1936) de John Dos Passos (écrivain américain, 1896-1970) comporte des sections "Camera-Eye" qui captent des impressions sensorielles abstraites et fugaces avec la pure clarté d'un objectif photographique.

Les passages descriptifs de Woolf dans *The Waves* fonctionnent de la même manière: ils s'efforcent de représenter le monde objectif, élémentaire, qui se trouve au-delà de la vision humaine. Aucune figure humaine n'occupe ces séquences, ou alors il s'agit de formes abstraites lointaines qui ne reçoivent pas plus d'attention du regard de la narratrice que les nuages, les oiseaux et les branches d'arbres. De cette façon, le regard photographique devient intemporel ou, du moins, ne semble pas affecté par le passage du temps.

## LE COURANT DE CONSCIENCE DE WOOLF

Le « flux de conscience » est probablement le procédé stylistique le plus connu et le plus référencé des auteurs de fiction modernistes, et Virginia Woolf, aux côtés de James Joyce (écrivain irlandais, 1882-1941) et de Marcel Proust (écrivain français, 1871-1922), est probablement l'un des plus célèbres praticiens de ce style. Demandez à n'importe quel étudiant en littérature de décrire l'écriture de Woolf, et il est fort probable qu'il invoquera à un moment donné le style de prose « flux de conscience ». Inventé par William James (philosophe et psychologue américain, 1842-1910), le « courant de conscience » désigne un style d'écriture qui tente de recréer le déroulement des processus de l'esprit humain. Plutôt que de se contenter de raconter des événements ou de relayer des sentiments, il cherche à reproduire l'expérience mentale de la pensée et des sentiments d'un personnage. Recréant ces exercices, la prose peut devenir labyrinthique, associative et discursive, et même ignorer la ponctuation conventionnelle.

*Les Vagues*, bien que sa ponctuation soit restée intacte, semble correspondre parfaitement à ce style d'écriture.

Hormis les ouvertures de chapitre purement descriptives, le roman est entièrement constitué de monologues profondément confessionnels et exploratoires. Lorsque chaque personnage prend la parole à tour de rôle, nous sommes assurément témoins du fonctionnement le plus intime de leur esprit. Les passages qu'ils effectuent entre le présent et le passé, la réalité et la mémoire, entre le quotidien banal et l'hyper-poétique, sont constamment saisissants et captivants, et relèvent assurément du "stream of consciousness".

Cependant, si l'on considère que le roman s'appelle *Les vagues et* qu'il est basé sur ce mouvement d'eau très particulier, il pourrait être utile de reconsidérer notre compréhension du style de Woolf en termes de « courant de conscience ». Car peut-être la forme même du roman et la nature de l'écriture de Woolf reflètent-elles quelque chose de l'action des vagues, de la marée, poussant et repoussant dans un grand cycle récurrent, d'un côté du monde à l'autre. Un « cours d'eau » est unidirectionnel : l'eau coule vers le bas et vers l'extérieur, et bien qu'elle se renouvelle à la source, elle ne va néanmoins que dans un sens. Les vagues, quant à elles, vont et viennent : elles se propulsent physiquement vers l'avant, avant de revenir en arrière, tout en remontant ou descendant la plage au gré des marées.

En prenant cette action comme concept central, Woolf cherche à dépeindre une logique similaire qui anime l'expérience humaine. Dans cette lecture du roman, les soliloques des personnages ne sont pas des courants séparés qui se déroulent en parallèle, mais des vagues qui se chevauchent et s'imbriquent, recyclant et récupérant des images les unes des autres, gagnant en substance et en forme les unes des autres. Dans le dernier chapitre, qui est entièrement narré par Bernard, ce dernier réfléchit : « J'ai parlé de Bernard, Neville, Jinny, Susan, Rhoda et Louis. Suis-je tous ces gens ? Suis-je un et distinct ? Je ne sais pas » (p. 222). Dans un monde formé par le langage, l'identité personnelle devient amorphe. Les distinctions claires que nous faisons entre ceci et cela, entre le passé et le présent, entre le moi et l'autre, deviennent soudainement moins claires.

# POURSUITE DE LA RÉFLEXION

## QUELQUES QUESTIONS À MÉDITER...

- Décrivez comment Woolf transmet l'effet du temps qui passe dans le roman.
- Trouvez une référence à une autre œuvre littéraire dans *The Waves* et réfléchissez à la raison de cette référence à ce moment précis et à la manière dont elle peut être lue dans le contexte plus large de l'histoire.
- Dans quelle mesure devons-nous considérer les personnages comme des extensions de Virginia Woolf elle-même ?
- *Les Vagues* est réputé, avec d'autres classiques du haut modernisme, comme un roman difficile à lire. En vous référant à un passage particulier, essayez de décrire la nature de cette difficulté.
- *The Waves* est parfois considéré comme une sorte de moyen terme entre la prose et la poésie. Est-il plus logique d'y voir l'un ou l'autre ?
- Des images poétiques reviennent parfois dans les monologues des différents personnages. Comment l'expliquer ?
- À quel personnage vous identifiez-vous le plus et pourquoi ?
- Nous n'entendons jamais la voix de Perceval dans le roman, et pourtant il est une figure récurrente, qui nous est présentée à plusieurs reprises par les six personnages. Quel effet ce silence produit-il ?

- Créer des histoires est le combat de toute une vie pour Bernard. Comment pouvons-nous lire *Les Vagues* à côté du projet littéraire difficile et inachevé de Bernard lui-même ?

# AUTRES LECTURES

## EDITION DE RÉFÉRENCE


- Woolf, V. (2006) *The Waves*. Londres : Penguin.

# lePetitLittéraire.fr

- des analyses de livres
- des fiches de lectures
- des commentaires littéraires
- des questionnaires de lecture
- des résumés

**Retrouvez
notre offre complète sur**
lePetitLittéraire.fr

ISBN version numérique : 9782808684835
ISBN version papier : 9782808685634
Dépôt légal : D/2023/12603/1063

Conception numérique : Primento,
le partenaire numérique des éditeurs.